YASMIN

la maestra

escrito por
SAADIA FARUQI

ilustraciones de
HATEM ALY

PICTURE WINDOW BOOKS
a capstone imprint

A Mariam por inspirarme, y a Mubashir
por ayudarme a encontrar las palabras
adecuadas—S.F.

A mi hermana, Eman, y sus maravillosas
niñas, Jana y Kenzi—H.A.

Publica la serie Yasmin, Picture Window Books,
una imprenta de Capstone,
1710 Roe Crest Drive
North Mankato, Minnesota 56003
www.capstonepub.com

Texto © 2020 Saadia Faruqi
Ilustraciones © 2020 Picture Window Books

Translated into the Spanish language by Aparicio Publishing

Los datos de CIP (Catalogación previa a la publicación, CIP)
Library of Congress Cataloging-in-Publication Data Names: Faruqi,
Saadia, author. | Aly, Hatem, illustrator. Title: Yasmin the teacher / by
Saadia Faruqi ; illustrated by Hatem Aly. Description: North Mankato,
Minnesota : Picture Window Books, [2019] | Series: Yasmin | Summary:
When Ms. Alex is called away from the classroom, she leaves Yasmin
in charge, but the other children just ignore her and start acting silly
and noisy--until Yasmin thinks up a way to motivate them to finish
the math assignment, quietly. Identifiers: LCCN 2018046796| ISBN
9781515837824 (hardcover) | ISBN 9781515845805 (paperback) | ISBN
9781515837879 (ebook pdf) Subjects: LCSH: Muslim girls--Juvenile
fiction. | Pakistani Americans--Juvenile fiction. | Elementary schools-
-Juvenile fiction. | Responsibility--Juvenile fiction. | CYAC: Pakistani
Americans--Fiction. | Muslims--United States--Fiction. | Schools--Fiction.
| Responsibility--Fiction. Classification: LCC PZ7.1.F373 Yl 2019 | DDC
[E]--dc23 LC record available at https://lccn.loc.gov/2018046796

Editora: Kristen Mohn
Diseñadora: Lori Bye

Elementos de diseño:
Shutterstock: Art and Fashion, rangsan paidaen

CONTENIDO

Un regalo

Tía Zara fue a casa de Yasmin a tomar el té.

—¡Tengo un regalo para ti, jaan! —dijo tía Zara y le dio un paquete a Yasmin.

Yasmin lo abrió.

¡Una caja de lápices de colores!

—¡Me encanta colorear! —dijo Yasmin.

Entonces Yasmin olió algo delicioso. Se llevó los lápices a la nariz. ¡Tenían distintos olores! ¡Vainilla, fresa, mango, chocolate!

—¡Shukriya! ¡Muchas gracias! —exclamó Yasmin—. ¡Por favor, vuelve otro día con más regalos!

Tía Zara se rio.

Al día siguiente en la escuela, Yasmin mostró su regalo a Emma y Ali. —Huelan mis lápices nuevos —dijo.

Ali olió fuerte.

—¡Asombroso! Me encantaría tener lápices como esos.

Yasmin estaba a punto de

decirles a Emma y Ali

que podían elegir un lápiz

y quedárselo. Pero entonces

sonó la campana.

Capítulo 2

Yasmin está a cargo

En la clase de matemáticas,

la Srta. Alex repartió unas hojas.

—Trabajen en silencio, por favor

—dijo.

Los problemas eran difíciles,

pero Yasmin sabía hacerlos.

Contar. Sumar. Restar.

Alguien tocó a la puerta

y sorprendió a los estudiantes.

Era el Sr. Nguyen, el director.

—Srta. Alex, ¿podría venir

un momento, por favor?

—Dejaré a Yasmin a cargo —dijo la Srta. Alex—. Todos deben estar callados como ratoncitos. ¡Y por favor, terminen sus ejercicios!

Salió al pasillo y cerró la puerta.

Yasmin no podía creer que ella estaba a cargo. Quería que la Srta. Alex se sintiera orgullosa.

—¡Miren! —gritó Ali—.

¡Miren cómo bailo!

Ali empezó a bailar en

la alfombra de la lectura.

Los demás estudiantes se rieron.

Emma empezó a colorear en su cuaderno. —¡Voy a dibujar a Yasmin, la maestra! —dijo en voz alta.

—¡Shh! —siseó Yasmin—. Tenemos que estar callados como ratoncitos.

Pero todos estaban hablando y riéndose. Y nadie hacía sus ejercicios.

¡La clase estaba fuera de control!

Capítulo 3

La solución del lápiz aromático

Yasmin tenía ganas de llorar. ¿Qué podía hacer para que la Srta. Alex se sintiera orgullosa?

—¡Por favor, hagan sus ejercicios! —dijo Yasmin.

Nadie la escuchó.

Emma casi había terminado
su dibujo. —Necesito un lápiz rosado
—dijo—. ¿Alguien tiene uno?

Eso le dio una idea

a Yasmin. ¡Los lápices con olores!

Sacó la caja y la movió

en el aire.

—¿Quién quiere participar

en un concurso? —gritó.

Todos se detuvieron

y la miraron.

—¡Al que termine

sus ejercicios le regalaré un lápiz

aromático! —dijo.

De pronto, los estudiantes se quedaron callados como ratoncitos. Se sentaron y empezaron a contar, sumar y restar.

Ali levantó la mano.

Necesitaba ayuda. Yasmin

le mostró cómo solucionar

el problema.

—¡Gané! —dijo Ali cuando

terminó sus ejercicios.

—¡Buen trabajo! —dijo

Yasmin—. ¿Qué lápiz quieres?

Ali eligió el de olor

a chocolate. —¡Gracias, Yasmin!

Luego fue Emma. —Yo quiero

el que huele a fresa —dijo—.

¡Gracias, Yasmin!

Pronto, todos los estudiantes habían terminado y dibujaban en silencio con sus lápices nuevos.

La Srta. Alex regresó. —¡Qué bien se portan estos niños! —dijo—. ¡Yasmin, hoy has sido una maestra excelente!

Yasmin sonrió. —¡Gracias, pero me alegra volver a ser una estudiante!

Piensa y comenta

* Yasmin se sentía frustrada porque sus compañeros no le hacían caso. Recuerda algún momento en que sentiste frustración. ¿Qué hiciste?

* A Yasmin tuvo que ocurrírsele una idea creativa para que sus compañeros hicieran los ejercicios. Si no hubiera tenido los lápices con olores, ¿se te ocurre alguna otra solución para resolver su problema?

* Hace falta valor para ser un líder o probar algo nuevo. ¿Qué haces tú para encontrar el valor cuando lo necesitas?

¡Aprende urdu con Yasmin!

La familia de Yasmin habla inglés y urdu.
El urdu es un idioma de Pakistán.
¡A lo mejor ya conoces palabras en urdu!

baba—padre

bandar—mono

hijab—pañuelo que cubre el cabello

jaan—vida; apodo cariñoso para
un ser querido

mama—mamá

naan—pan plano que se hace en
el horno

nana—abuelo materno

nani—abuela materna

salaam—hola

shukriya—gracias

Datos divertidos de Pakistán

Yasmin y su familia están orgullosos de su cultura pakistaní. ¡A Yasmin le encanta compartir datos de Pakistán!

Localización

Pakistán está en el continente de Asia, con India a un lado y Afganistán al otro.

Islamabad

PAKISTÁN

Educación

En Pakistán hay 51 universidades y 155,000 escuelas de primaria.

Primera ministra

Benazir Bhutto fue la primera mujer en ser ministra de Pakistán y en cualquier otra nación musulmana.

Deportes

El deporte oficial de Pakistán es el hockey sobre hierba.

¡Haz lápices con olores!

MATERIALES:

- lápices de madera
- periódico
- tijeras
- cinta adhesiva
- agua
- jugos de frutas como limón, lima o naranja
- un recipiente grande (lo suficientemente grande para meter los lápices) para cada tipo de jugo
- plato

PASOS:

1. Corta tiras de periódico lo suficientemente anchas para cubrir la longitud del lápiz y lo suficientemente largas para envolverlo varias veces. Envuelve cada lápiz con las tiras para que queden bien apretadas y sujeta el papel con la cinta adhesiva.

2. Pon agua en el recipiente y mézclala con un jugo. Añade suficiente jugo para que tenga mucho olor. Después llena los otros recipientes con agua y un jugo diferente en cada uno.

3. Pon en cada recipiente uno o más lápices envueltos en el papel. Déjalos empapar en el líquido de 1 a 3 horas.

4. Saca los lápices y ponlos a secar al sol en un plato de 1 a 3 horas.

5. Cuando los lápices estén secos, quita el periódico. ¡Tus lápices tendrán un olor genial!

Acerca de la autora

Saadia Faruqi es una escritora
estadounidense y pakistaní, activista
interreligiosa y entrenadora de sensibilidad
cultural que ha salido en la revista
O Magazine. Es la autora de la colección
de cuentos cortos para adultos *Brick Walls:
Tales of Hope & Courage from Pakistan*
(Paredes de ladrillo: Cuentos de valentía
y esperanza de Pakistán). Sus ensayos
se han publicado en el *Huffington Post,
Upworthy* y *NBC Asian America*. Reside
en Houston, Texas, con su esposo
y sus hijos.

Hatem Aly es un ilustrador nacido
en Egipto. Su trabajo ha aparecido en múltiples
publicaciones en todo el mundo. En la actualidad
vive en el bello New Brunswick, en Canadá,
con su esposa, su hijo y más mascotas que
personas. Cuando no está mojando galletas
en una taza de té o mirando hojas de papel
en blanco, suele estar dibujando libros. Uno
de los libros que ilustró es *The Inquisitor's Tale*
(El cuento del inquisidor), escrito por Adama
Gidwitz, que ganó un Newbery Honor y otros
premios, a pesar de los dibujos de Hatem
de un dragón tirándose pedos, un gato
con dos cabezas y un queso apestoso.

¡Acompaña a Yasmin en todas sus aventuras!

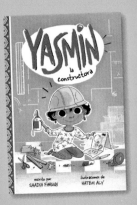

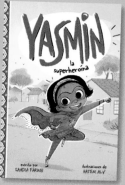

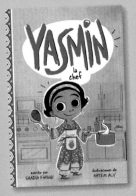

Descubre más en

www.capstonepub.com